QUÉ QUIERES SER DE MUERTO

Jesús Montiel

QUÉ QUIERES SER
DE MUERTO

PRE-TEXTOS
NARRATIVA

Diseño gráfico: Pre-Textos (S.G.E.) y *
Imagen de la cubierta: *Piedras de mármol zen* (Pixabay)

1ª edición: octubre de 2025

© Jesús Montiel, 2025
© de la presente edición:
PRE-TEXTOS, 2025
Luis Santángel, 10
46005 Valencia
www-pre-textos.com

IMPRESO EN ESPAÑA/PRINTED IN SPAIN
ISBN: 978-84-10309-85-2
DEPÓSITO LEGAL: V-3905-2025

Impreso en Luna Books

Encuentro lo mío y lo cuento y, entretanto, lo mío cambia.

MAGGIE SMITH

1.

SE mira mucho las manos extrañada de verlas en paro, desocupadas. Como si no fueran sus manos sino las manos de otra persona. Porque hubo un tiempo en que las suyas metían la carne de la matanza en la picadora manual y la embutían luego en una tripa antes de orearla en el cuarto de arriba. Despellejaban conejos y elaboraban jabón casero. Envolvían con plásticos la ropa de abrigo cuando asomaba el calor y las blusas de seda cuando enfriaba; y hasta planchaban los calzoncillos y los pañuelos del abuelo. Zurcían los rotos. Tricotaban jerséis, chales, bufandas y manoplas. Tendían la ropa en la terraza o reponían los antipolillas en los cajones de los armarios. Alimentaban la chimenea, fregaban el rellano de la puerta con un trapo húmedo, abrían el monedero de botón en misa, en el momento de pasar el cesto. Acariciaban mi cabeza. Antes sus manos estaban siempre atareadas; pero ahora no hacen nada, aparte de apretar los botones del mando a distancia para consumir programas del corazón. La edad las ha inmovilizado. Son otras manos y ella es otra mujer que dice no querer vivir más; aunque sonríe o agranda los ojos cuando le cuento lo amarillo que está su chopo preferido (le encantaba escuchar sus hojas). Casi todos sus conocidos han muerto y vive lejos del pueblo, en Granada. Además, es su primer otoño viuda. Cada noche coloca el pañuelo del abuelo debajo de la almohada y le canta hasta quedarse dormida.

Cuando era un niño el mundo se me antojaba quieto; pero ahora no, sé que nada permanece nunca en la misma postura y esta quizá sea mi única certeza: que todo se está moviendo y que a este movimiento vertiginoso lo llamamos *vida*. En este momento, mientras la abuela se mira las nuevas manos, se han caído algunas hojas del plátano que hay delante del balcón, unas cuantas nubes se han desplazado, ha tachado el cielo una bandada de estorninos, seguramente una pareja haya roto a la vez que otra ha comenzado y alguien no lo sabe pero a lo largo de este sábado recibirá una noticia que torcerá su vida. Dentro de algunos meses habrá otras hojas en las ramas del plátano, las tardes volverán a ser más largas, regresarán las moscas y las avispas y quizá la abuela ya no esté.

Un maestro zen decía, señalando un vaso lleno de agua:

Mirad cómo contiene el agua sin que se derrame o cómo reluce cuando lo toca el sol. Pero para mí ese vaso está siempre roto: puedo ver el viento que lo derriba o cómo se cae de la repisa y se rompe en mil pedazos. Y puesto que lo veo roto, yo amo este vaso y cada minuto a su lado es precioso.

En el zen la impermanencia no es un problema: sin ella no se acabaría una dictadura ni mis enfados con Sara, por ejemplo. Y es verdad, la visita de hoy es preciosa por ser irrepetible. Porque sé que la abuela ya se ha muerto, mientras se mira extrañada las nuevas manos.

2.

La casa del pueblo se quedó vacía cuando los abuelos se mudaron a la ciudad y por este motivo me afligí, barruntando su deterioro. Cuando se les abandona, las casas se ponen tristes, son como esas personas deprimidas que ya no se asean y acaban en un sofá de oreja con un pijama de franela lleno de lamparones. En efecto, al poco de la partida de los abuelos, la hierba del huerto se agostó, al ser verano y no haber nadie que la regase. Los árboles se amustiaron y las flores doblaron la cabeza como niños castigados por el maestro. El cerezo murió, fue la primera baja; le siguieron las tomateras y a mi impotencia se sumó la rabia, no lo aceptaba. Iba con los niños días sueltos y cortaba el césped con la máquina como loco, podaba con las tijeras los rosales, arrancaba a puñados las malas hierbas que asfixiaban el arriate donde crecían las mentas o regaba horas seguidas pese a las restricciones impuestas por la sequía. Quería que todo siguiera como estaba, que nada cambiase.

Decía:

Abuelo, cómo se cuidan las tomateras; dime qué cantidad de agua necesitan los peros; abuelo, qué hago con el aloe; llevaré pienso para los gatos; recortaré la hierba; usaré fungicidas, dime por favor cuáles y qué días se puede coger el agua de la acequia; dónde guardas la llave del cuarto de los aperos.

Cuando en el fondo estaba implorando:

Abuelo, volved al pueblo; compraos unas piernas nuevas que vuelvan a subir las escaleras, unos cuerpos más jóvenes capaces de vivir otro siglo más allí, a cargo de mi pequeño paraíso; socorro, no dejéis que todo esto desparezca.

Mi abuelo callaba. No puedes hacer nada, parecía decirme con su silencio. Y a mí me indignaba su manera de esquivar mi pena, que sin duda era más pequeña que la suya. Porque a mi abuelo le amargaba mucho más que a mí haber renunciado a su huerto. Su huerto, no mi huerto. Yo no quería perder mi isla afectiva, pero era su casa, no mi casa. Lo recuerdo no hace tanto, a los noventa. Apenas podía caminar, pero me obligó a enfundarle las botas: quería desbrozar el huerto. Tras ayudarlo, lo vi encaminarse hasta los árboles y pensé en esos monjes que recorren el claustro del monasterio, tras la llamada a los oficios. Siempre he intuido que lo que hacía cuidando sus árboles era una tarea sagrada, todo lo contrario de una obligación, y que no hay edad que termine la tarea donde el amor está en juego. Sólo concluyen los trabajos a los que uno llega forzado por unas circunstancias. Sin corazón, sólo con la necesidad de la comida y el cobijo. Se jubilan el oficinista, el banquero, la chica que me atiende en la panadería, pero no quien ama lo que hace. No era mi abuelo quien cuidaba del huerto, era el huerto quien cuidaba de mi abuelo; pero cuando tuvo que venirse a la ciudad dejó de importarle su cuidado. Él sabía que vencería el cambio, por mucho que fuera el empeño de su nieto. Que no existía posibilidad de un regreso a sus antiguas fuerzas. Por eso no hablaba ya de aquel terruño ni quería que se le mentara. Él estaba en la despedida y yo era un niño que patalea enfurruñado porque no le compran la última PlayStation.

Redoblé mi empeño un par de meses, pero no funcionó: el huerto exigía un cuidado menos intermitente y yo no podía con mis deberes familiares y el trabajo. La última vez que fui, la imagen era desoladora: el cerezo muerto, la hierba rala, los rosales deshojados y los arriates parecidos a cunetas de un país en guerra, con los cadáveres de los peros. Era como si Tim Burton rodase allí una película. Y todavía más: se empezaban a apreciar signos del abandono en la casa: rincones donde la pintura se descascarillaba, telarañas recubriendo los grifos y huecos de las ventanas, el mal olor del baño y el polvo en los lavabos, un pájaro muerto en la pila, igual que un mal poema que acaba hecho una bola en la papelera. Una fuerza superior a mi voluntad iba adueñándose de todo y oponerse a ella era estéril; como luchar contra un ejército armado con una espada de juguete. Me di cuenta de mi resistencia, de que me enfrentaba a algo inexorable que mi abuelo había descubierto trabajando la tierra y que quien vive en la ciudad aprecia en menor medida. Porque en la ciudad todo se confabula para engañarnos: en el supermercado, se elimina el tiempo que colorea las frutas y les da forma; las bombillas alargan la vigilia y nos impiden el ciclo natural del sueño; los frigoríficos prolongan la vida de los alimentos e internet nos dice que nada se muere y que todo estará siempre disponible. Apartamos el tiempo como se hace con una mosca, como si el tiempo pudiera apartarse. Porque me guste o no, la casa de los abuelos acabará desmoronándose, las losetas del suelo se resquebrajarán, se abrirán nuevas grietas en las paredes, las arañas actuales criarán a sus nietas en las esquinas del techo, pulularán en sus cuartos ratas, bichas, se ennegrecerá la fachada, ya nadie repondrá los antipolillas ni cambiará las sábanas ni fregará los suelos ni usará el hornillo. Cederá el tejado y la boca glotona y húmeda de la naturaleza se lo tragará todo. Los gatos cambiarán su domicilio al no encontrar sobras en el cazo. No habrá ninguna sonrisa cuando el aire mueva las hojas del chopo.

Y no sólo está vacía la casa de los abuelos: el pueblo está cada vez más vacío también y cada vez hay más casas sin habitantes, cuyas fachadas se han abombado tanto que da miedo pasar cerca. Casi todos los hijos emigraron a Cataluña o a Granada y sólo vuelven para las fiestas, en verano. Y cada año las fiestas son menos concurridas, más perpetuación o inercia que verdadera celebración, la gente se emborracha y fuma y chilla sus opiniones políticas, cada vez más polarizadas. El mismo pueblo un día estuvo lleno de niños. Hace cincuenta, sesenta años, cuando había trabajo en las minas de hierro. Esos niños jugaban en la calle a la pelota o subían y bajaban montados en bici. Las mismas calles que hoy son cruzadas por perros enjutos y viejos con andadores. Y una de esas niñas era mi madre. La mujer que hoy tiene una pirámide de ansiolíticos en la mesita de noche.

Así que las calles del pueblo están vacías, como están vacías las sillas de la casa de los abuelos. Dentro de poco, las sillas que yo ocupo en esta casa también se quedarán vacías. Esa es la verdad y hay que rendirse. Tenemos que despedirnos de todo, hasta de nuestra propia respiración. Y al final no habrá juicio ni nadie que nos lea la cartilla. Será nuestro último ahora el que nos pregunte qué hicimos con todos los ahoras anteriores. Y quizá entonces lo más sabio sea reír a carcajadas.

3.

TAMBIÉN ha cambiado mi dirección postal y la desconocida que acaba de enviarme un *wasap* mientras hablaba con la abuela fue un día mi esposa. La que vivía conmigo en otra dirección postal, antes de mudarme a esta casa en la que vivo con mis libros. En la que sobrevivo. A la que vienen mis hijos dos semanas al mes y en la que a veces hago el amor con Sara. Por eso nuestro lenguaje es otro, porque no somos los mismos. Es un lenguaje nuevo al que no me acostumbro y me resulta desagradable, tan duro como una escoba de esparto:

Recógelos a las 14:00, la niña está mala, el niño ha suspendido, siempre vienen con piojos de tu casa, no estabas a la hora acordada, tú la primera quincena de agosto, estamos a día dos y no has hecho el ingreso.

Parecemos dos espías que intercambian informaciones, los representantes de dos empresas que deben llegar a acuerdos para que el capital fluya y se generen inversiones y no cunda el pánico. O mejor, dos diplomáticos cuyo objetivo es proteger la vida de los civiles: los niños. Porque se trata de una guerra. Ahora, tras el cruce de informaciones, nos despedimos, subo al coche y pongo rumbo a la casa de mamá, para el almuerzo.

En el budismo se dice que morimos, que no hay manera de evitar la muerte; que enfermamos y no hay modo de esquivar la enfermedad; que todos los seres a los que amamos están sujetos a la ley del cambio y que lo único que nos pertenece son nuestras acciones. Tengo claro que mi mujer y yo somos el resultado de nuestras acciones, de muchos infiernos cultivados durante muchos años. El infierno del reproche, el infierno del yo tengo razón, el de las respectivas familias y el del ataque verbal. Ha cambiado nuestro lenguaje porque no somos los mismos, tras estas elecciones. Y tampoco mis hijos: ahora tienen una herida que antes no. Y nos corresponde a nosotros dos aplicar pomadas como regalos o permisos que antes ni pensarlo. Cada viernes la tragedia vuelve a revivirse, en el intercambio de civiles. Cuando perdemos a un ser querido lo perdemos infinidad de veces mientras estamos vivos, no solo el día de su entierro: por Navidades, el día de su cumpleaños, cuando abrimos el armario y vemos la percha vacía de la que cuelga el vestido negro de la ausencia, al ver una película que le habría gustado o comer el que fuera su plato favorito. Pasa lo mismo con una separación. Cada viernes que dejo o recojo a mis hijos el matrimonio vuelve a romperse como la balda de un armario con mucha ropa encima. Cada vez que los visto, los ducho o vamos de paseo, recuerdo ese mundo paralelo: el que hubiera ocurrido de seguir juntos. Me separo cada semana. Hoy he vuelto a separarme.

4.

MAMÁ también se ha separado, aunque su caso es distinto: se casó con mi padre para toda la vida y sólo tendrá un marido, aunque este no esté en casa porque Dios así lo dispuso. Dice ahora que se desvela a las seis y ya no puede volver a dormirse. No lo consigue porque su cabeza sobrepiensa, es un negocio que nunca echa el cierre. A veces me pregunto cómo su corazón no ha reventado ya con tantas nerviosidades. Hoy ha preparado potaje de vigilia. Antes de probarlo, bebemos cerveza y detrás de sus palabras entreveo su conflicto: cómo los esquemas religiosos que explicaban su vida son ahora insuficientes para abrazar la complejidad de la familia: dos hijos separados y un marido podemos decir ausente. Insuficientes porque no existe catecismo que solucione tantas variantes de la desgracia. Como un terraplanista que intentase explicar su teoría delante de las imágenes satelitales, mamá intenta trascender su situación citando la Biblia, aunque su corazón está muy lejos de las palabras.

La vida actual de mi madre se aleja mucho de la que soñó que tendría a estas alturas. Siempre hay una desproporción enorme entre lo que deseamos y lo que hay y sufrimos porque vivimos con la mirada puesta en ese abismo demoledor, se sabe. *Qué he hecho yo para merecer esto* o *ya no me cabe una gota más de sufrimiento* son frases con las que mi madre ejemplifica este combate que es el de todos. Bebe, ha vuelto a fumar, a veces ha tenido que irse a Urgencias porque se ahoga. Sin embargo, es ahora una mujer más cariñosa: cuando llego a casa con los niños nos agasaja con mucha comida pese a su apuro económico; los besuquea y les dice cosas hermosas que nunca nos dijo a los hijos, como *tesoro* o *mi vida* o *te quiero mucho*. La desgracia la ha reblandecido. Es el único fruto bueno que veo en todo esto: que su verdadera naturaleza asoma por las grietas de los porrazos que la historia le ha propinado, como la luz solar se filtra entre las ruinas de una iglesia arrasada por los yihadistas.

Tras la comida, sesteo en la habitación donde pasé la adolescencia, en la que escribí mi primer poema, donde sufrí mi primer ataque de pánico pensando en el tamaño y la edad del universo. Donde fumaba a escondidas o mi padre me pegaba o traía alguna novia clandestina o discutía a voces con alguno de mis hermanos. Hoy tengo el pelo encanecido, mi matrimonio se ha roto y he publicado algunos libros. Como mi abuela, como mi madre, yo también he cambiado.

Estoy cambiando, pero me siguen conmoviendo las pecas de luz que hay en la pared, las cosas elementales. Y también las terribles, todo aquello que no controlo. Últimamente siento la necesidad de acercar la oreja para entender lo que me están diciendo las cosas que me ocurren y que escapan de mi control y es paradójico y puede que hasta enfermizo, pero creo que pese a todo me dicen:

Todo está bien hecho.

Yasunari Kawabata habla en un poema de la belleza de la luz matinal en los vasos de un restaurante y sostiene que a sus setenta años de vida fue consciente por primera vez de que esta belleza simple es la esencia de la vida. A Ryūnosuke Akutagawa, el escritor angustiado que puso fin a su vida, le ocurrió algo parecido una tarde de invierno en la que subió a un tren. La joven que ocupaba otro asiento en el mismo vagón, tras ponerse el tren en marcha, se levantó e intentó abrir una ventanilla. El escritor la miró deseando su fracaso, asqueado por la visión de sus manos, llenas de sabañones. Por fin, cuando la ventanilla cedió, la joven sacó la cabeza y lanzó cinco o seis mandarinas que cayeron en las manos de tres chiquillos que esperaban al otro lado de un paso a nivel. En ese instante, el amargado Ryūnosuke dejó de ver la vida como una condena: la imagen de las mandarinas voladoras lo rescató de sí mismo.

Mamá vierte el potaje sobrante en un táper y lo introduce en una bolsa de plástico, junto a dos latas de cerveza y un yogur de macedonia.

Toma, me dice mientras tose, antes de prender el enésimo cigarrillo.

Nos despedimos.

Me gusta esta mamá nueva, aunque esté más triste es más amorosa. Ayer, mientras descascarillaba un huevo hervido, pensé que el tiempo ha hecho lo mismo con ella. Lo hace con todos. La última vez que vi a mi abuelo con vida llevaba puesto un babero, no tenía dentadura, parecía un recién nacido mientras mi tía le daba la cucharada de papilla. El minero que antes se enfundaba el mono azul marino o vareaba los olivos o cargaba con sacos llenos de almendras a sus espaldas y que trabajó en una mina de hierro varias décadas, era un bebé de noventa y tantos. El mismo que me animaba a defenderme de mis agresores en el recreo y que nos instruía en la ley del más fuerte, me enseñaba la verdadera valentía postrado en una cama.

Me decía, sin hablar: hace falta mucho valor para rendirse.

5.

HA cambiado también mi itinerario cuando me dejo caer por el pueblo. Ahora hago una parada en el cementerio porque la tumba del abuelo me espera allí. Antes no, enfilaba la vereda y pasaba de largo; no tenía que empujar la puerta herrumbrosa, girar a la izquierda y recorrer el pasillo donde me esperan los rostros de los adultos que hace nada me preguntaban *de quién eres nieto*. Dentro de poco serán los amigos de mi madre los que ocupen los nuevos nichos; y luego será mi generación, la de los hijos de los hijos. El abuelo entraba en el mismo cementerio hace nada para honrar la memoria de sus muertos o para enterrar a sus amigos. Ahora es él quien recibe las visitas, y la abuela estará a su lado cuando regrese al pueblo del que se ha exiliado desde que tiene otras manos y sus piernas no saben subir las escaleras. Y pasado un siglo, nadie o casi nadie se detendrá delante de su nicho. El pueblo quizá esté a punto de la extinción, mientras que las montañas seguirán ahí como si nada, siendo manoseadas por el viento.

Para una montaña nuestra vida es tan breve como para nosotros la vida de una mariposa. Delante de una montaña no somos nada. Aunque la montaña no es nada sin nadie que la mire.

La última vez que fui al pueblo, tras volver del cementerio, bajé las escaleras metálicas que conducen al huerto. En el cuartillo, observé envueltos en telarañas los aperos y herramientas del abuelo: buriles, mazas y martillos, destornilladores, tenazas, hoces, guadañas, alicates, guantes, trampas para los ratones, el mono azul que en otro tiempo rellenaba su cuerpo fibroso. Aparté las telarañas de la silla coja, me senté dando un suspiro, acaricié con la mano la superficie arañada de la mesa donde escribí mis primeros textos.

Me pregunté:

¿Dónde estás, abuelo?, ¿me estás oyendo?, ¿puedes decirme algo?

Enseguida me di cuenta de que el abuelo está por todas partes. Ahora mismo está aquí. La hoja de papel tiene la forma rectangular de su terruño y lo que hago al escribir es una jardinería. Las palabras tienen que florecer en el cuadrado de la página, oler. Debo cuidar cada línea con la misma delicadeza con que él acicalaba sus árboles. Releer estas líneas como él paseaba por el huerto. Podar un párrafo, cultivar un adjetivo, regar una frase que no me convence. Pero no sólo me mira desde la página que resplandece en el escritorio. Está en cada cosa bella que miro: una ventana, el vaso de agua, las flores que compro, el limón que bosteza en la repisa de la cocina. Mi abuelo está más vivo que nunca. A decir verdad, nunca he visto tanto a mi abuelo como ahora, desde que se ha muerto. Antes sólo estaba en el pueblo. Ahora está por todas partes, como la luz o Lola Flores.

6.

DEJÉ de ser un niño el día en que un mocoso me llamó *señor* en el parque que hay delante de la casa de mamá; como si en lugar de un mocoso fuera en realidad un aduanero que imprimía el sello en el pasaporte y me dijera: se te acabó la infancia, bienvenido al país de los adultos, la nación de las facturas, las palabrotas, la respuesta a enigmas como por qué las madres se quedan embarazadas o cómo los Reyes Magos logran la ubicuidad. Yo apenas contaba dieciséis años, pero para el mocoso que tomaba asiento en el balancín (no llegaría a los ocho) yo era un adulto con todas las de la ley. Aunque para mí lo fuera alguien de cuarenta, la edad que tengo mientras escribo estas líneas. Lo que me da una idea exacta de lo relativas que son las cosas, cómo dependen del ángulo que escojamos para mirarlas. Lo gracioso es que ahora me sucede lo contrario: me irrito cuando me llaman joven.

¿Con tarjeta o en efectivo, joven?, me ha preguntado esta mañana el peluquero.

He sentido entonces una ligera incomodidad que ha dado paso al enfado, cuando me he visto reflejado en el escaparate de una joyería. Porque ahora sí soy un señor, aunque los de mi generación vistamos más de *sport* o luzcamos un aspecto menos apolillado que nuestros padres con nuestra misma edad (se aprecia bien en esos cromos antiguos donde posan futbolistas calvos y bigotudos de veintipocos con una fisionomía equivalente a la de un hombre actual de cincuenta). No seas mentiroso, hubiera querido decirle al barbero. Mira estos mechones de pelo que caen al suelo, sobre el babero. Hace poco relucían rubios, cuando era un niño, pero ahora empiezan a ser blancos. Pelos canosos esparcidos por el suelo, alrededor de la silla, en el babero, en la cabeza del hombre que me observa en el escaparate de la joyería. Soy un pionero en el asunto de las canas. En mi familia nadie las tuvo a los treinta, que fue la edad en la que mi cabeza comenzó su transformación cromática. Ni mis padres ni mis abuelos ni mis hermanos. Yo soy la excepción. Aparecieron en las sienes cuando mi hijo tuvo leucemia y se multiplicaron luego con la debacle de mi padre. Desde entonces avanzan como un invierno rapidísimo. Hace poco descubrí unas cuantas en el pecho, también.

El mismo peluquero que me ha llamado joven me dijo hace cosa de un año:

¿Te quito los pelos de las orejas?

Y ese día dramático en que supe que el pelo comenzaba a colonizar mis orejas le dije al mocoso, cerrando los ojos: Ahora sí, pequeño monstruo que rondarás los treinta y que por tanto dentro de nada será otro señor con pelos en las orejas.

El caso es que mi cuerpo está cambiando, nunca ha dejado de hacerlo, en realidad. El cuerpo es un *performance*. Lo noto no sólo en el color del pelo, también en el número de empastes, en la barriga que disimulo, los surcos de la frente, la cifra de triglicéridos o los pelos largos y solitarios en los hombros y la espalda. Ese suspiro que exhalo cada vez que me dejo caer en la silla. En la cantidad de recuerdos y el tamaño del futuro, cada vez más pequeño. Son síntomas, indicios que revelan que yo también estoy sujeto a la ley del cambio. Como mi abuela, como todos. Si miro los álbumes de fotos me doy cuenta de que mis padres son cada vez más jóvenes, por ejemplo. Mis padres me parecen casi adolescentes, cuando los miro. Podría ser el padre de los padres de las fotos. De manera que aquel mocoso del parque era mucho más sincero que cualquiera de las personas que hoy me dicen *joven* o *pareces más joven de la edad que tienes*. Quizá ese niño tuviera una visión más neutral de la existencia, más ajustada a la verdad. Dentro de veinte años tendré sesenta, seré mi padre ahora. Dentro de treinta, alguien de mi edad actual quizá me grite desde su coche, mientras trastabillo en un paso de cebra: ¡Tenga cuidado, abuelo! Y entonces ingresaré en la tercera edad, me convertiré en mi abuelo y dejaré de ser mi padre. Qué más da. Lo que ahora empieza a preocuparme es qué tipo de muerto voy a ser. Si cabré fácilmente en la memoria de quienes me sobrevivan como un mueble bonito que no desentona o esa prenda que pega con todo; o ese regalo que nos disgustó y acaba criando polvo en el trastero. En el colegio siempre se pregunta *qué quieres ser de mayor*. También debería incluirse la pregunta *¿qué quieres ser de muerto?* A mí me gustaría ser como mi abuelo: un muerto que dibuja una sonrisa cuando se le nombra, que pacifica el rostro y desarruga la frente. Yo creo que el tiempo está para eso, para llegar a ser una sonrisa en la boca de quien se acuerda de nosotros. Que no hay mayor victoria que reencarnarte en una sonrisa o en unos ojos humedecidos.

7.

Mi hijo mayor todavía es joven, pero ya vive más cerca del hombre que será que del niño que ha sido. Tiene catorce años y la zona del bigote oscurecida, como si se hubiera bebido un vaso de oscuridad. Roza el metro ochenta y es rubio, con ese pelado que llevan ahora los más jóvenes, con forma de bellota. Me cuesta pensar que es el mismo niño que hace doce años entró conmigo en el hospital con una zancada rara para quedarse como inquilino en la planta de oncología. Juraría que es otra persona si no fuera por la pequeña cicatriz que tiene en el cuello.

Aquellos días del ingreso había un matrimonio, faltaban hermanos, mi padre era todavía aquel hombre severo que se amparaba en los mandamientos de la Iglesia, los abuelos subían y bajaban las escaleras verdes, mamá no estaba desorientada. Todo estaba en su sitio y parecía que seguiría siendo así, que la normalidad no temblaría como una oficina de Japón en un terremoto. Eran otro hijo, otro padre, otra madre. Si recayese, me digo, qué distinto sería todo. Qué diferentes los mismos protagonistas en la misma habitación hospitalaria. Lo único que seguiría igual sería el paisaje que yo miraba por la ventana de la octava planta: los árboles que pasan su vida en las aceras; los pájaros de turno; las nubes, yendo y viniendo y advirtiéndonos de que nada permanece; la lluvia; las hileras de hormigas pisoteadas a cada poco; la lluvia de las hojas muertas. Todo eso seguirá viendo pasar una generación tras otra, sin empatía. Y serán otros los que ocupen esa misma habitación y vean más o menos apáticos el mismo espectáculo. Y no por ello somos menos importantes mi hijo y yo, porque aunque seamos sustituibles somos únicos.

Los primeros meses desde el ingreso fueron terribles. Me rebelaba, no lo aceptaba; pero una noche, de repente, dejé de resistirme y dije *de acuerdo, no puedo saber nada por más que lo desee. Por mucho que crispe los puños o rece o lo que sea mi hijo puede morirse.* Y asentí a ese niño muerto que podía ser, a su cadáver. Dije sí a ese futuro que apartaba como se hace con una mosca. Y entonces descansé. No dejé de sufrir, pero sí sentí alivio. Aprendí a vivir en ese instante en que mi hijo estaba más vivo que nunca. Me pasó igual que a ese maestro zen de la primera página, quien afirmó que amaba el vaso porque ya estaba roto. Porque sabía que estaba muerto lo disfruté vivo. Igual que veo la luz porque la sombra está a su lado, vi la vida porque vi la muerte. Y puedo verlo hoy enfrascado en un dibujo, mordiéndose la punta de la lengua, porque desde entonces veo una tumba de no más de metro y medio.

8.

PUEDE ocurrir que hoy mi corazón se pare y se apague mi cerebro y que sea mi último sábado en el planeta tierra. Que ya no respire, me llamen al móvil y no responda nadie y sea la anécdota de los que fuman en los corrillos del tanatorio. Una noticia más o menos larga que será barrida por otras noticias. Y finalmente seré olvidado. No se sabrá de mí a no ser que alguien consulte Google y me averigüe. Descubra uno de mis libros en una biblioteca o una librería de viejo y lea las frases que escribí mientras el corazón pulsaba.

Moriré de cualquier manera. Una teja desprendida de un tejado viejo, infarto de miocardio o quizá un accidente de tráfico, como le pasó a Albert Camus, quien dos días antes de ser arrollado por un coche dijo no conocer manera más idiota de morir que la del ciclista Fausto Coppi, fallecido en otro accidente de tráfico. O quizá una muerte súbita mientras corro o bien la metástasis de un cáncer silencioso o quizá me caiga encima un árbol y no una teja o me apuñale un atracador o muera en la explosión de un atentado terrorista. Puedo electrocutarme, como le pasó a Thomas

Merton cuando salió de la ducha tras impartir una conferencia. O puede ocurrirme una muerte más absurda; como la del papa Adriano IV, al que se le metió una mosca en la boca y lo atragantó. O peor fue la de un tal Steininger, allá por el siglo dieciséis. Solía guardarse la barba en un bolsillo para caminar, pero en un incendio en el que cundió el pánico echó a correr y con la urgencia se pisó la barba y cayó por las escaleras rompiéndose el cuello.

Cualquier momento y de cualquier modo, pero ojalá que ese día tenga la dicha de no andar despistado. Lo que me hacer recordar esos poemas zen que se escriben en el umbral de la muerte, llamados jisei. Un poema de despedida. Hace poco que hojeaba una antología de haikus, 36 poemas escritos por 36 sentenciados a muerte. Uichi, un joven de veintisiete años, escribió estos versos horas antes del ahorcamiento:

Ejecución mañana;
igualo las uñas cortándolas,
noche primaveral.

Un haiku que puede parecer cínico, pero que me conmueve y me recuerda a aquel maestro moribundo al que le gustaban los pasteles. Congregados alrededor de su lecho, los discípulos sabían de esta debilidad suya y uno de ellos fue presto a la pastelería y le trajo uno. Y le pidieron un último consejo, mientras el anciano masticaba. Susurró entonces: ¡Qué pastel tan delicioso! Pues bien, si mi vida terminase este sábado, haría lo que hago de costumbre y no alteraría lo más mínimo mi rutina, como Uichi. Escribiría un *wasap* a mamá, que me llamó esta mañana para decirme que ha perdido un vestido que le había comprado a mi hija, y que era de los caros. Le diría que mi otro hijo ha suspendido y que me preocupa que no sepa atarse los cordones a los trece años o que la vecina de arriba me ha reñido por dejar abierta la puerta de la calle. Fregaría los platos, que es lo que voy a hacer ahora. Porque el mundo no se mejora con grandes propósitos sino fregando los platos. Y los platos brillan más cuando uno los friega sin que nadie se dé cuenta. Porque al amor le gusta hacer las cosas sin alharacas.

El otro día, en este mismo parque donde estoy escribiendo, dos personas miraban sus móviles en el momento exacto en el que las hojas de un pruno saltaron por los aires tras el impacto de un mirlo, igual que las chispas de un soldador. Y pensé viendo aquello que, al contrario que un *instagramer*, la vida da lo mejor de sí misma cuando nadie se da cuenta.

Todo lo inolvidable ocurre fuera de la agenda, cuando la cámara de fotos está apagada. Durante la risa, en una enfermedad, cuando nos han perdonado. Sólo estamos vivos en ese raro instante en el que no planeamos nada ni somos conscientes de los relojes.

9.

En la casa de los abuelos, me quedo un momento parado delante del reloj que cuelga de una pared del salón. Ovalado, con un fondo negro sobre el que relucen las manecillas doradas. Tan quietas como las nuevas manos de la abuela, como sus piernas, como el abuelo que hay en el cementerio, que ya no es el abuelo sino lo que fue el abuelo; supongo que parecido a esas palomas muertas que se ven en las aceras, infartadas por una ola de calor o atropelladas por un coche y que parecen un cuenco hecho con plumas. Y ahí, delante de ese reloj inservible que ya no marca las horas, me digo que debe de haber algo que no se muera y que quizá ese algo sea el amor. Y que el amor no es otra cosa que darse uno cuenta, prestar atención. Lo escribo acordándome de aquella mujer de la limpieza que enjuagaba con un trapo húmedo un banco del andén, el otro día. Una limpieza atenta en mitad del frío de la mañana, con un mimo infrecuente, que contrastaba con la arrogancia de los trenes. Nadie en las montañas del Tíbet ha meditado nunca como ella.

10.

LAS noches en las que duermo con Sara se me olvida el tiempo, sintiendo el peso de su brazo sobre mi pecho. Qué digo el tiempo, se me olvida mi propia vida. Me olvido de mí, desaparezco, como cuando escribo o al mirar el cielo estrellado y sospechar mi insignificancia. O mejor: entonces me doy cuenta de que el tiempo no existe. De que el antes y el después son como las fronteras entre países: un acuerdo para esquivar el extravío. Sirven, vale, para que no cunda el caos. Son útiles, pero en realidad todo anda mezclado: no hay antes ni después ni tampoco febrero ni el dos mil y pico. ¿Podemos asegurar a qué velocidad viaja un ahora a través del tiempo?, se interroga un maestro. ¿Qué intervalo de tiempo hay entre un ahora y otro? ¿Somos capaces de señalar el pasado, decir de qué color es el futuro? El tiempo es un invento, como el ratoncito Pérez o la Tierra Media de Tolkien. Porque lo cierto es que sólo ha existido siempre este momento. Y este momento tampoco es un objeto que pueda cogerse, como se coge una mandarina. Es ahora siempre, desde los dinosaurios hasta hoy. Desde antes del nacimiento de esta galaxia diminuta donde gira nuestro planeta no ha existido más que este momento. Todo eso me cuenta Sara dormida, cuando me echa el brazo encima y se queda bocabajo, la cara aplastada contra la almohada. Entonces intento no moverme para no despertarla, como si jugase al reloj-reloj y perdiera si me muevo lo más mínimo. Como si robase en un museo de noche y hubiera distinguido un haz de luz en el pasillo y me quedase escondido tras un busto romano, encapuchado y muy quieto. Es la persona más silenciosa que he conocido mientras sueña. Nada de ronquidos, casi no se mueve, con una respiración mínima, que bien pudiera catalogarse en la categoría de brisa. Como si no estuviera allí un ser vivo sino una pequeña colina rosa. Decía el trapense Thomas Merton que nunca se ha dicho nada sobre Dios que no haya dicho ya mejor el viento en los pinos. Mentira: el resuello de Sara cuando está dormida supera al viento en los pinos. Es el mantra con el que sueñan los grandes meditadores. Si se hubieran incluido en el currículum educativo la cuestión *qué quieres ser de muerto* y alguien me preguntase, respondería que ser para alguien un reloj detenido. Para mis hijos, por ejemplo. Uno de esos momentos sin duración en los que la vida manifestó su verdadero rostro. De esos que afloran en el último instante, durante la hemorragia de recuerdos. Formar parte de toda esa belleza recolectada por su cerebro a lo largo de su vida.

11.

LA abuela dobla su clínex cuatro veces hasta convertirlo en un cuadrado perfecto que introduce en el bolsillo de la falda. Después mira la lluvia con cara de lástima, como el preso que echa de menos el aire de la calle. Entretanto, el cura que hay en la tele levanta la ostia y el aire mueve las ramas del plátano, tras el balcón. Mi abuela es una mujer de su generación, y en su generación ir a misa o escuchar misa era parte de la rutina colectiva. Misa porque es lo que toca. Una más de las que echan monedas al cesto y confiesan sus pecados y guardan las fiestas. Mi abuela ve mal que cocine un hombre o entiende mejor la infidelidad de uno que la de ella. Tiene cosas de su tiempo, y ya está. Recuerdo que cuando me regalaba una garrafa de aceite me ordenaba esconderla en el trayecto que mediaba desde la casa al coche, para que los vecinos no supiesen, como si el aceite fuese en realidad un fardo de cocaína. Estuve mucho tiempo sin comprender hasta que descubrí que era para que no pensasen que tenemos necesidad. La disculpé: son cosas de su tiempo y es inútil imponerle las del mío.

Pero en la intimidad la abuela me ha enseñado de manera involuntaria otro Dios, uno a ras de suelo. Mi abuela era verdaderamente creyente no en la iglesia del pueblo sino cuando escuchaba el canto de los grillos o las hojas de su chopo preferido. Tendiendo la ropa, subiendo las escaleras verdes con una vela tras un apagón, poniendo mi pijama sobre la estufa para que al salir de la bañera no cogiera frío. Yo veía mucho más el amor en estos rituales que en la celebración de la eucaristía, cuando la acompañaba. Este segundo Dios es el que siempre he preferido, porque queda mejor con mi vida. Es menos espectacular, pero brilla en cada cosa. Para mí, esa manera de hacer las tareas con mimo era su credo, y yo fui discípulo y sigo siendo de esa espiritualidad mundana. Ella cumple lo que se dice en el zen. Eso de comer cuando se come, dormir cuando se duerme, caminar cuando se camina.

Estar en lo que estás, que dicen los viejos.

Yo a mis hijos no les hablo nunca de Dios. Prefiero que me observen y saquen sus propias conclusiones. Pero ¿tú crees en Dios?, me preguntan. Y no respondo. ¿Qué podría responderles? Papá, quiero ir a misa, me dijo el otro domingo mi hija, que acaba de hacer la Comunión y le hace ilusión comulgar. Y la llevé, no tengo problema. Y si no quiere ir pues no se va; pero nunca irán como íbamos mis hermanos y yo, siendo arrastrados. ¿Por qué no comulgas?, me preguntó en el último banco. Anda, corre y ve que ya casi no queda

Jesucristo, le dije. Cómo irradiaba luz al ponerse en la cola, tan contenta y tan guapa. Me sentí tan pequeño a su lado, tan miserable. Por supuesto, no le dije nada. Volvimos a casa y tuve que beberme dos cervezas para deshacer la pelota de la garganta. Mi hija era Cristo, y no el pan que se tragó. Era la pura y radiante alegría. Y ahora pienso que si el cura de la tele levantase la ostia con esa misma cara, otro gallo cantaría. Si viviera su labor con el entusiasmo de una niña de diez años no cabría un alfiler en las iglesias y no habría tanta cara plomiza en los bancos. No me extraña que Jesús propusiera a los niños como cumbre de la aventura espiritual. De los que son como ellos es el Reino, dicen que dijo. Porque el Reino quizá no sea una vida nueva tras la muerte sino esta misma vida liberada de nosotros y nuestras ideas. Ser tan sencillo como mis hijos, que al poco de reñirles vuelven con frases festivas, me dan besos y dibujos que atesoro en un cartapacio. Que aprovisiono, como quien hace acopio de víveres antes de un viaje arduo, cuyo retorno se desconoce. El viaje a mi propia vida. Que es el único viaje, en realidad, que podemos hacer desde la vida que se nos ha impuesto.

Señor cura: el único infierno es no darse cuenta de este momento.

12.

La misma hija resopla yendo hasta la entrada del colegio mientras me dice adiós con la mano. Resopla porque se ha quedado sin su abrazo: he parado el coche en la carretera y la he despedido con prisa porque el conductor de atrás tenía el ceño fruncido. Entonces mi hija me ha dicho, mientras yo le daba la espalda y cerraba el maletero:

Hoy es el último día.

Quería decir que es viernes y no volveré a verla hasta dentro de una semana. Es el turno de la desconocida con la que intercambio mensajes impersonales. Pero no me ha dado tiempo, ya digo, y entonces se ha ido resoplando y yo he recordado al ponerme en marcha aquel día en el coche, cuando sus ojos infantiles se abrieron tanto. Ese día mi mujer y yo discutíamos, para variar. Entonces di un volantazo y por poco no acabamos todos en la cuneta. No se me olvidarán las caras de mis hijos en el espejo retrovisor, blanqueadas con la pintura del miedo. Seguid juntos por ellos, nos habían exhortado los conocidos. Y por eso uno aguantó hasta entonces. Pero ese día en que toqué fondo mi matrimonio apestaba, como uno de esos vecinos a los que una mañana echamos en falta y que la policía descubre muerto desde hace días, una vez se fuerza la cerradura. Ese momento en que toqué fondo casi trunco la vida de mis hijos, esa es la verdad.

Crack, clic, ¡pum! No encuentro la traducción del sonido que escuché dentro de mí.

Me había dado cuenta de que no estaba bien poco antes del volantazo, la mañana en la que desperté en un sofá extraño con jaqueca y un gato en la barriga. Había llegado a esa casa la tarde anterior para una fiesta de cumpleaños. Una construcción con forma cúbica, de esas que obedecen la dictadura de lo traslúcido. La fiesta se desarrolló en la terraza, donde se repartieron bidones repletos de bebidas alcohólicas. Estuve intranquilo, como suele pasarme en sociedad. Además, los invitados formaban parte de otro ecosistema: de esa gente que presume de vida en las redes con una sonrisa blanquísima y un fondo playero. Pensaba qué palabras emplear, dónde ubicarme, qué hacer en los intervalos de soledad para no parecer desamparado. De manera que bebí, bebí una barbaridad. Vino, cervezas, dos copas. Lo último que recuerdo es que charlaba con otra invitada en la cocina y que su novio se la llevó del brazo, molesto por su actitud amistosa conmigo (supe que le gustaba y me gustó gustarle). Lo siguiente fue que desperté con un gato en la barriga. Nunca me había pasado: por monumental que fuera la borrachera, siempre lo recordaba todo. Pero esa mañana resacosa yo era un hombre desconocido mientras volvía a casa. Fue un toque de atención, aquella fiesta. Me hizo comprender que tenía que ser honesto. Estaba en casa, pero no estaba desde hacía mucho (no estábamos); demorar la partida solo empeoraría la situación. A veces desaparecen la montaña y la mariposa y se hace necesario el túnel, cuando la geografía se complica. A veces la oscuridad es la mejor opción, la decisión más acertada, y el único modo de avanzar es renunciar a la luz.

Por los hijos, precisamente.

Recuerdo también aquella otra vez en la que mi hija estrenó un llanto nuevo, cuando su madre y yo discutimos. Nos dijimos cosas desagradables y ella rompió a llorar con una pena inédita. Entonces me di cuenta de que éramos nosotros dos los autores de aquella tristeza nueva en su cara de seis años. Una herida en la infancia tarda en cicatrizar muchos adultos: lo escribí en otro libro pensando en mi propia herida. Pero ahora los roles se han invertido y pueden ser ellos los que tarden tiempo en cicatrizar un daño causado por mí. Es terrible, saber que puedo estropear su biografía. Creo que es Marcel Proust quien en las primeras páginas de *En busca del tiempo perdido* se consume de un modo enfermizo esperando a que llegue su madre para darle las buenas noches. Y a Knausgård o Kafka le marcan fatalmente padres herméticos, como a tantos hipersensibles. Un abrazo en la infancia mejora biografías, escribí también. Porque hay dos clases de adultos: los que han tenido una infancia con abrazo y los que no la han tenido.

De vuelta en casa, me pongo a hojear el último libro de mi hija, dedicado *Al mejor papá del mundo*. Me imita, finge ser escritora, confecciona libros juntando papeles de tamaño cuartilla y pegándolos con adhesivo. Y sé que lo hace para agradarme, porque cada una de sus creaciones desemboca en mí. El mismo recorrido que yo hacía con mis dibujos hasta llegar al despacho de mi padre, incapaz de una respuesta cariñosa. Mi padre no era de abrazar, precisamente. El suyo tampoco lo abrazó a él; aunque eso era más normal en su época. Y quizá mi único propósito en esta vida sea interrumpir esa cadena de la falta de abrazos. Quizá mi única misión sea darle uno a mi hija, dejarle un abrazo en la memoria, como se coloca una antorcha a la entrada de una cueva. Que recuerde los abrazos que su padre le daba cuando entraba al colegio y no los que no le dieron, y que se convierta en el segundo tipo de adulto.

No sería un mal epitafio: *Dio un abrazo a sus hijos, cuando entraban al colegio.*

Porque de nuestros ancestros se hereda lo bueno, pero también los conflictos, sus frustraciones, aquello que está irresuelto. Todo nos llega mezclado con cada célula, como se hereda la risa o la zancada o el voto político. Pero esa herencia no determina: se puede rectificar. Hace algunas décadas, un gorrión herido pía en el suelo del patio de una cárcel mítica y unas manos lo recogen, las manos de un hombre condenado a cadena perpetua. Algo debe de removerse en su interior, porque adopta al gorrión y lo lleva a su celda y a partir de ese momento lo cuidará. Cuidará a otros muchos pájaros en sus 54 años de vida encarcelado, sobre todo canarios que otros presos reciben como regalo del exterior. La celda del preso acaba atestada de jaulas y cantidad de pájaros, y el preso acaba escribiendo un tratado de ornitología: *Enfermedades de los pájaros*. Robert Stroud, se llama. Interpretado años más tarde por Burt Lancaster en la película *El hombre de Alcatraz*. Se dice que un maestro no te da nada, sino que te ayuda a ver lo que ya eres aunque todavía no lo sepas. En Alcatraz, un asesino se convierte en discípulo de un gorrión herido. Un gorrión cambia el destino de un asesino y consigue mucho más que los programas penitenciarios para rehabilitar al preso.

Thích Nhat Hanh relata cómo una vez olvidó en una esquina de su cabaña una rama de jengibre y al cabo del tiempo descubrió que había germinado una planta. Sospecho ahora que eso mismo le ocurre al corazón que parece marchito o sin remedio. Que cada gesto de amor que ha presenciado lo reverdece, contrarrestando el poder infernal de los sucesos terribles. Igual que la rama de jengibre o la cabeza de mi hijo mayor, que ahora luce un cabello fuerte.

Hoy me acercaré a la casa de mi exmujer para llevarle un abrazo a mi hija. Hoy cambiaré mi destino.

13.

LAS manos de la abuela, pero también sus piernas. Antes subían las escaleras verdes no sé cuántas veces al día. Miles, calculo, durante siete u ocho décadas. Se doblaban para recoger la ropa húmeda del cesto y tenderla en las cuerdas de la terraza o se tensionaban, por el contrario, al ponerse de puntillas para alcanzar una manta del altillo del armario. No paraban, Dios mío. Esas mismas piernas que antes la llevaban a todos los rincones del pueblo son ahora inútiles, como sus manos. Amoratadas y varicosas, parecen la corteza irregular de un castaño. Las mismas que soportaban mi peso cuando me subía en brazos al cuarto, hoy a duras penas pueden dar zancadas sin el auxilio del andador. Envejecer es decir adiós a nuestras manos, a nuestras piernas, a la que ha sido nuestra casa. Decir me voy, soy prescindible, dejo mi lugar a los que vienen. Como quien cede el asiento en el bus. Manos, piernas, qué será lo próximo. El deterioro avanza por su cuerpo como el agua de una DANA entra por las rendijas de las puertas y lo anega todo inexorablemente.

La abuela es un bar a punto de cerrarse.

Una farola que parpadea.

El coche teledirigido que empieza a dar tirones y rueda más lento.

Una casa en la que tras muchas horas de fiesta van apagándose una tras otra todas las habitaciones, y va quedándose a oscuras, a medida que la gente se va marchando.

Hoy le he dicho al devolverle las llaves de la casa del pueblo que su chopo preferido ya no tiene hojas, pero que cómo sonaban sus ramas con el viento, tanto que parecía una maraca gigante. No ha contestado nada, ni siquiera ha sonreído, como otras veces. Agachó la cabeza, miró a la televisión y luego colocó sus manos nuevas, las que no hacen nada, sobre las piernas que ya no saben caminar.

La abuela se parece mucho a las hojas otoñales cuando están a punto de soltarse de la rama. Dentro de poco se caerá del árbol de los vivos y yo miraré embobado su resplandor cada uno de los días de mi vida, hasta el día de mi salto.

14.

El poeta AC dio unas cuantas patadas al balón con el hijo de unos amigos en una sobremesa, se tropezó al caer al suelo y no volvió a levantarse. Una lesión absoluta entre dos vértebras. El mismo poeta, en una entrevista concedida a un conocido periódico, poco antes de morir y postrado en una silla de ruedas, habla a cámara en las instalaciones gigantes de un centro hospitalario de Toledo y dice lo siguiente:

Permanecer inmóvil no me exime de estar atento.

Los dos primeros meses tras la caída estuvo tumbado y sólo podía mirar arriba, al techo. Dice también:

Establecí con el techo un vínculo de fraternidad. Conocía cada una de sus pequeñas manchas.

Aparte de AC, otros artistas se han dado cuenta de que la eternidad no es otra cosa que este momento. Saul Leiter accede al interior de una cafetería de Manhattan hace setenta y tantos otoños, en mil novecientos cincuenta y pico. Permanecerá un buen rato ocupando una mesa al lado de la ventana. Nadie sabe si espera a alguien o en qué pensamientos anda sumido mientras espía la calle embobado, como el niño que ve dibujos animados en el iPhone de los padres. Más que nada porque no hay mucho que ver: el cristal está empañado y salpicado de lluvia. Al otro lado, los paseantes son formas abstractas que se mezclan con las luces de los vehículos. El camarero rubio que lo observa, receloso, se pregunta qué carajo atrae la atención de ese tipo como para emplear una hora ahí sentado, habrase visto. Por fin, Saul Leiter despierta de su letargo, sorbe su café frío, desempaña el cristal con la manga del abrigo y encuentra ese rasguño conmovedor. Luego extrae del bolso una cámara de fotos y toma dos, tres instantáneas antes de pedirle la cuenta al camarero que lo miraba receloso, al que le caen mal los clientes poco rentables, y sale de la cafetería en dirección a East Tenth Street.

Paraguas, cogotes, medio zapato en un vagón del tren, paisajes urbanos vistos a través de ventanas recién llovidas, durante una tormenta de nieve. En un vertiginoso Manhattan, retrata el presente, espera la belleza tranquila del instante en mitad de la ciudad de las prisas. Una belleza que no busca ser vista. Saul Leiter afirmaba que hay cosas que están descubiertas y otras que están ocultas. Y que la vida real tiene más que ver con lo que está oculto y lo que está oculto es precisamente lo que tenemos delante de las narices. Por eso prefiere una ventana cubierta de gotas a la foto de un personaje famoso o afirma que una persona es más interesante vista de espaldas que de frente. Lo que evidencia su trabajo es que el hábitat de la poesía es el mundo, lo cotidiano. No convierte el paraguas rojo de una mujer en algo poético, sino que ve la poesía en el paraguas rojo y la retrata. Tras un primer desconcierto, sus fotografías revelan la intimidad del instante, su corazón. Un copo de nieve, mirado a través de la lupa, revela una estructura con forma de hexágono llamada *dendrita estelar*. Con el instante pasa igual: si uno lo mira bien, si uno aguza la atención y lo observa, descubrirá que es el amor lo que lo sostiene. Uno no tiene por qué estar en un lejano país de ensueño para encontrar la belleza, dijo Leiter. Y es verdad: ayer, cuando volvía en coche de visitar a la abuela, paré en un semáforo en rojo, y en ese instante las gotas de lluvia de la ventana me dieron gratis todo lo que la gente busca pagando en una consulta de un terapeuta.

15.

En la primera página digo que todo está cambiando y que al mismo tiempo que la abuela se mira las nuevas manos y caen las hojas del plátano que hay delante del balcón seguramente una pareja ha roto y otra ha comenzado. Pues bien, Sara me ha pedido un tiempo para replantearse la relación. De modo que es cierto: nada nunca está quieto. Mi primera reacción ha sido el pataleo. Abatido, insomne, incapaz de leer dos líneas seguidas, estos días me dedico a grabar en el móvil mis estados emocionales; como el último superviviente de un fin del mundo, antes de que me coman a bocados los zombis. El duelo tras perder a la pareja se parece al que uno sufre tras la muerte de un ser querido. Salvando las distancias, entiendo a la abuela cuando ve la tele sin el abuelo. Cuando le canta a su pañuelo, cada noche. Desde que Sara se ha distanciado, la casa está llena de apariciones; quiero decir que veo a nuestros fantasmas hablando en el sofá, escuchando en la cama a Sakamoto, desnudos, o en la cocina, decidiendo si almorzar fuera. Cada mañana, tras levantarme, me pregunto qué hacer con el futuro que fantaseaba a su lado, el montón de mensajes que se me ocurren, qué hacer con este hombre que soy ahora, desconcertado y triste. Cada noche debo decidir qué uso darle a los recuerdos, si eliminarlos o concederles una vida nueva, como a esos muebles que están unos días junto al contenedor de la basura y que nos llevamos a casa y restauramos con pintura a la tiza y un decapado. Me doy cuenta, en fin, de que me resisto a que las cosas cambien o se terminen. Igual que me pasó con la casa de mis abuelos, no soporto la idea de que Sara desaparezca. Pero, aunque continuásemos, Sara pasará, tarde o temprano. Porque todo pasa, como se dice en el cuento sufí del sultán al que unos sabios regalan un anillo.

Les encargó:

Regaladme algo que me ayude en los momentos difíciles, que me alegre cuando esté con el ánimo escarchado y me advierta en los momentos felices, para no dormirme en el agrado.

Y los sabios fabricaron un anillo con la inscripción *También esto pasará*. Pasará todo y por eso mismo todo es precioso. Dentro de cuatro páginas, de dos, nadie sabe si Sara y yo seguiremos juntos. Y es precisamente esta incertidumbre, la misma que me atormenta, lo que otorga valor a la existencia. Frank Ostaseski, maestro budista, dice que las flores de plástico duran más que las del cerezo, pero que preferimos las del cerezo porque tienen aroma, por muy breve que sea su destello.

16.

Mamá me cuenta que se desvela de madrugada desorientada, como esas ballenas que acaban en una playa turística y se hacen virales. Sin saber en qué día estamos o en qué momento de su vida. Hasta bien entrada la adolescencia, yo también sufría ese tipo de confusión cronológica. Cuando mi padre nos recogía del colegio, de camino a casa, le preguntaba: ¿hoy es mañana o ayer?, ¿ahora es el desayuno o la cena?, ¿por qué contamos los años?, ¿el mediodía depende de a qué hora nos levantamos?

El tiempo se nos enseña, igual que las matemáticas o el nombre de los colores. No es algo con lo que nacemos, como la sed o la sonrisa. Se nos entrega en un momento dado del mismo modo que el avituallamiento para una expedición difícil. Quizá por la primera comunión nos regalan nuestro primer reloj de pulsera. Luego llega la agenda, en el colegio. Y aprendemos a poner la fecha al inicio de cada hoja de la libreta, en la pizarra. Más tarde llegan los calendarios, las alarmas, los santorales y los aniversarios. Días mundiales para cualquier cosa. Lustros, décadas, semanas, instantes, milenios, siglos. Y acabamos siendo dos fechas dentro de un paréntesis. Como si nos dijeran: al final de tu vida serás ese lapso comprendido entre tu nacimiento y las cenizas o el entierro. Una serie de momentos en los que amarás y serás amado, con suerte; en los que te habrás lastimado el alma y a veces habrás desesperado y maldecido. Pero a medida que cumplimos años el tiempo va volviéndose inservible, a medida que envejecemos; como uno de esos electrodomésticos obsoletos que guardamos en el trastero. A mi abuela ya no le sirve. Supongo que antes ordenaba muy bien cada jornada: limpieza, cocinados, compras, el rato de Juan y Medio en Canal Sur, la cena con el abuelo, con las piernas pegadas al brasero y el queso resplandeciendo encima de la mesa camilla. Pero ahora que no está el abuelo y que sus manos son útiles el tiempo se ha vuelto mera duración, un tictac que suena más como la cuenta atrás de una bomba. Qué era el tiempo, para el joven Uichi, cuando aguardaba el ahorcamiento. O qué significa el tiempo para mis hijos, que me preguntan cosas parecidas a las que yo le preguntaba a mi padre: qué día es hoy, cuánto falta para la Navidad, si en verano es cuando hace calor. Qué significa hacer planes para el enfermo terminal o quien está agonizando en una cama de la UCI.

El tiempo sólo existe para la clase trabajadora.

Porque se nos enseña, pero además se nos describe como un artículo de lujo: el tiempo es oro; aprovecha el tiempo; no pierdas el tiempo pensando en las musarañas; en qué demonios empleas tu tiempo; acumula experiencias y no seas tonto; no entregues tu tiempo a las personas tóxicas; mi tiempo no se regala.

Me doy cuenta de que a la mayoría de las personas no les falta tiempo, sino que no saben qué hacer con el tiempo. Mamá me dice que la tarde se le hace eterna estando sola, que el otro día, al despertar de la siesta, le dio pánico al pensar la cantidad de horas que restaban hasta la noche. Y añade: no sé qué hacer con tanto día. No nos enseñan a llevarnos bien con nuestro tiempo. Nadie nunca me ha enseñado a pasear conmigo, ir conmigo al cine, cenar conmigo. Nunca se me ha dicho que es bueno regalarme flores o enseñarme una ciudad desconocida. Jamás. Por eso la gente hace todo tipo de disparates con tal de esquivar este momento. Esos ancianos en Japón que delinquen para ser encarcelados y no estar solos. Los adolescentes que publican en las redes su suicidio o que arriesgan su vida subiendo a edificios altísimos y saltando entre cornisas para ser reconocidos en las redes, para ser encontrados. Sospecho que todos buscamos el amor fuera, cuando ese amor lo tenemos dentro. Y ninguna relación llenará nuestro vacío, ese agujero que lo succiona todo, igual que un fregadero. Sé lo que digo, claro que lo sé. Porque tengo ese agujero y ahora mismo me cuesta una barbaridad no llamar a Sara y suplicarle que venga a casa y me traiga un abrazo.

Recién separado, tardé una semana en recorrer el trecho que separaba la cama del armario, en el estudio. Porque no era únicamente el gesto inofensivo de colocar la ropa; sino también una suerte de rito iniciático: yo era el niño indígena al que le llega el momento de hacerse cazador y da la espalda a la aldea para adentrarse en la jungla. Así se me antojaba el tiempo en el estudio: un espacio hostil, repleto de peligros. En ese instante de mi vida me ocurría lo mismo que a un personaje de Murakami, que al quedarse por primera vez solo en mucho tiempo no sabía qué hacer consigo. Porque en adelante mi tarea iba a consistir no sólo en acostumbrarme a ese lugar mínimo sino también a estar a solas conmigo. Leer conmigo en el bar, ir conmigo al cine a ver un estreno, prender una vela para cenar conmigo. Lo comprendí en una fiesta a la que me sumé al toparme en una terraza con un conocido. Los invitados, la mayoría divorciados cuarentones, me relataron sus fracasos sentimentales y me instruyeron acerca de custodias y posibles fatalidades en la compensatoria. Unos despechados, con el rencor afilando sus voces; otros reconciliados con la ruptura; pero todos con una herida que todavía supura en esa manera que tienen de divertirse, como si el fin de semana fuera un bote salvavidas en el Titanic del tiempo. Entonces caí en la cuenta de mi agujero, el agujero que había en ellos y en el peligro que ese agujero entraña. Porque uno tiene la tentación de llenarlo con lo primero que pille. Idealizando a cualquiera sin sopesar el coste emocional, por ejemplo. O cayendo en la tentación de ser otra vez adolescente hasta que una madrugada, en el baño, descubres en el espejo a un hombre con el pelo encanecido entre los que podrían ser tus hijos drogados. Y entendí que quizá sea como escribió Pascal y la tarea más jodida del mundo consista en estar con uno mismo a solas en una puñetera habitación. Sí, quizá eso sea lo que divide a las personas en felices o amargadas y quizá sólo haya dos tipos de seres humanos: los que pueden estar desocupados y los que enseguida cogemos el móvil y hacemos planes, la mayoría. En el pasado, el hombre se jugaba la vida para comer y recorría a pie distancias difíciles. Ahora el reto, su verdadera hazaña, consiste en llegar a la noche esperanzado. Cruzar el día sin ser devorado por sí mismo.

17.

SIEMPRE *a tu lado*, la película que protagoniza Richard Gere, está basada en la historia real de un perro de la raza akita que esperó a su dueño muerto durante nueve años. Cada día de esos nueve años Hachikō, así se llamaba el perro, pasaba horas mirando a los pasajeros que entraban y salían de la estación de Shibuya, en Japón. Esperaba al profesor Ueno, muerto a los cincuenta y tres años a causa de un derrame cerebral tras una reunión de profesores. La he visto ocho, nueve veces. La primera tuve que esconderme en el baño de casa para llorar a escondidas de mi exmujer (me cuesta llorar en público: mi padre multaba las emociones que significan debilidad). El caso es que ahora me doy cuenta de que, si bien es normal que la fidelidad del perro despierte en uno la ternura, su verdadera tragedia no es la pérdida sino no darse cuenta de que todo pasa. El problema de ese perro y el mío es el mismo: nos oponemos a esta demoledora manera en que la vida se comporta, que es la transformación. A mí me cuesta asimilar cada noche que el brazo que descansaba en mi pecho ya no está. Como Hachikō hacía yendo a la estación, tres semanas después de la última conversación con Sara, al despertar acudo al móvil buscando su mensaje de buenos días.

18.

En los bares soy ese tipo de cliente parecido a un mueble, que se mimetiza con el entorno y pasa inadvertido. De pocas palabras. Y cuando el camarero de turno intuye mi naturaleza retraída y la respeta, me siento cómodo y vuelvo, paso a ser un cliente habitual. Me ocurre igual en las peluquerías: hay barberos que se adaptan a mi silencio y no fuerzan la conversación y hay otros que no, que parlotean y me dicen que tengo pelos en las orejas, por ejemplo. A estas últimas no regreso. Por este motivo Flora, la chica que ayuda en el bar de Emilio, se ha ido volviendo más guapa. El bar está lleno de hombres rudos, la mayoría agricultores y gente de la obra que al amanecer se hacina en la barra. Hablamos de las siete, ocho de la mañana. Estos hombres juegan a las tragaperras, dicen palabrotas, hacen bromas machistas, mezclan el café con el primer chupito y el porro mañanero. Yo desayuno a su lado y, aunque detesto su grosería, los amo, quiero amarlos. Porque con que rascásemos un poquito veríamos niños muertos de miedo buscando a sus papás entre los compradores de un centro comercial.

Digo que Flora no allana mi silencio y tras darme los buenos días sonríe y prepara lo de siempre sin necesidad de las palabras. Una sonrisa que me da en la cara como ese aire que nos mueve el moflete cuando uno abre la ventanilla del coche. Es así como se ha vuelto más guapa. Lo que me hace recordar a Mirian, otra camarera a la que conocí cuando vivía en el estudio, recién separado. Mirian regenta El Mamut, situado en una rotonda. Rondará los treinta, tiene unos rasgos felices y su voz, aunque aflautada, no chirría y envuelve como una colcha en una noche de invierno. Se muestra cercana y emplea siempre expresiones cariñosas, de las que yo no sé decir sin sonrojarme pero que en las personas como Mirian o Flor suenan sin artificio: *aquí tienes, corazón; gracias, mi vida; buenos días, cielo.* Las pronuncia mirándote a los ojos, a veces apretándote el brazo. Para ella, presumo, únicamente fui el hombre reservado que escribía en la mesa de la esquina mientras bebía cerveza, y que luego despareció, llevándose consigo su universo. Muchas veces deseé reunir valor para preguntarle si tenía pareja o qué le gustaba hacer los domingos. No estuve ni mucho menos enamorado de su persona, no la conocía ni sabía nada de su vida. Estuve enamorado de su manera de atenderme. Yo, que medito y he leído mucho sobre zen, jamás empataré su sencillez cuando se me acercaba con una expresión amable que cambiaba la tonalidad del día, volviéndolo más luminoso.

De muerto quiero ser la cercanía de Mirian, su qué deseas.

Hemos nacido, creo, para darnos cuenta de que somos la felicidad que buscamos por todas partes, y hay personas que nos lo recuerdan, como Mirian y Flora. Personas que, con una sonrisa o unos buenos días, te reconcilian con la jornada, como si dijeran: vamos, coño, la vida es una maravilla y no te enteras. Estas personas están por todas partes, entre nosotros, como alienígenas camuflados. Son parte de un ejército discreto que impide que el mundo ruede hasta el abismo. Y lo mejor es que creo que todos estamos llamados a engrosas sus filas, sin excepción.

De muerto quiero ser la amabilidad de Flora, sus buenos días.

19.

Hoy me he convertido en un amigo al que no veo desde hace tiempo. Este amigo, en los retiros de zazen, en la meditación nocturna, sujetaba su vela con un mimo que me conmovía. Como si acunase a un bebé, sus manos grandes la rodeaban y caminaba despacio, con pisadas sigilosas; como si protegiera la llama de una tormenta invisible. Hoy lo he recordado al prender una vela en casa. Quiero decir que hay gestos que se quedan incrustados en nosotros y que incorporamos a nuestra vida y los hacemos propios. Yo veía en la manera en que mi amigo sujetaba su vela algo a lo que estoy llamado y que no sé cómo nombrar. Lo que busco en Sara y en todos los libros que leo. El caso es que hoy, cuando prendí la vela y la llevé hasta el lugar donde iba a meditar, no sólo lo recordé. Sería más exacto decir que me convertí en mi amigo. Yo era él mientras portaba el fuego, igual que soy mi abuela al aplanar la colcha. Estos gestos sencillos sobreviven al instante en que fueron realizados y se perpetúan, burlándose del tiempo porque trasparentan el amor que todos anhelamos. No necesitamos esperar la muerte para continuar, sino que continuamos en cada instante. Cada acción que realizamos, cada pensamiento, tiene repercusión en el mundo. De modo que ya estamos resucitando sin necesidad de nuestra muerte, aquí y ahora. Mi amigo no se ha ido. Cada vez que me acerco a una vela está ahí, porque fue instrumento del amor. Y quizá ese amor aflore en otro gesto mío, alguna vez, y ese gesto mío me sobreviva en otra persona que me haya visto, y así continuamente hasta el fin del mundo, incluso más allá del fin del mundo, porque el amor no comienza ni se termina.

Hoy me he convertido en mi amigo y ayer me convertí en la abuela. No funcionaba el microondas, de modo que calenté la leche de los niños en un cazo, en el fuego. Y al hacerlo, al coger el cazo por el mango, ya no era yo sino mi abuela. Y vuelvo a ser la abuela cuando extiendo un mantel sobre la mesa o aso pimientos, al escuchar el canto del grillo; cuando me riño en silencio por ir desaliñado o al pronunciar palabras como *tranco* o *cansino*. Soy mi abuelo cuando riego mis plantas o al golpear un clavo con el martillo mordiéndome la punta de la lengua. Al jugar a la brisca o beber vino o cuando trato bien a una mujer, algo tan natural y sin embargo tan exótico en algunas infancias sin abrazo. Cuando parto un poco de queso o maltrato con el cuchillo una pata de jamón. Si me apoyo en un árbol porque estoy muy cansado y me acomete el deseo punzante de comprarme una boina y ser un hombre tierno. Todas las veces en que me alejo de las preocupaciones soy mi hijo mayor sin pelo en una cama con sábanas de la Junta de Andalucía. Soy su risa, su manera de olvidar las broncas cuando pago con él los nervios de la jornada. Un olvido que no es olvido, sino supervivencia. Porque los patitos seguirían a mamá pato. Aunque los condujera a un precipicio, todos se arrojarían tras ella, aún sin la pericia del vuelo. Y la seguirían amando hasta el momento en que se parten contra las rocas. Con esa misma lealtad, los hijos de uno.

O soy también aquella mujer del antiguo barrio cuando doy de comer a un gato. Cada vez que comparto lo que escribo o leo en público soy aquel grupo de vecinos que se reunían en el bar La Croqueta, parecidos a una familia paleolítica alrededor de un fuego, en una hendidura de la montaña. Soy todas las personas que me han cedido el asiento en el bus o la consulta del médico, las que me han dicho *pasa tú primero* en la cola del súper, las que han acariciado la coronilla de mis hijos en Urgencias, todos los que me han dicho buenos días o me han recordado un motivo para vivir en este último tiempo, tras la separación. Los que me han abierto las puertas de su casa o han cogido el teléfono sin medias tintas ni manuales de conducta. Soy todos los libros que me han ayudado.

Nadie está solo nunca, no hay un ingrediente llamado yo que viva aparte de un ingrediente llamado tú.

Nadie puede contar su propia historia sin los demás. Gracias a todas estas personas y gracias a miles de gestos de bondad he podido y puedo sobrevivir. Y quisiera yo ser de muerto un instante luminoso en la vida de alguien, por insignificante que pueda ser. Que encienda su rutina en un momento dado y le dé sentido. Un gesto que abrillante una biografía, inofensivo, como un momento de sol entre las nubes. Imaginad una ventana encendida en una ciudad apocalíptica en la que ya no queda nadie vivo, infestada de zombis. Quiero ser esa ventana.

O ser la casa de Noah.

Desde que Sara se ha ido, veo películas ñoñas. Hoy ha sido el turno de *El diario de Noah*, una adaptación de la novela del empalagoso Nicholas Sparks, autor de folletines con ventas millonarias. La trama: dos jóvenes que se enamoran se ven forzados a separarse. Entre los dos, la familia y la Segunda Guerra Mundial. Pero Noah, el protagonista, no se da por vencido, y aunque mantiene relaciones con otras mujeres, le cuesta olvidarse de aquella pija que no le contesta a sus cartas y en su día le contó su fantasía:

Quiero una casa blanca con ventanas azules y una habitación con vistas al río para poder pintar. Un enorme porche que dé la vuelta a la casa, en el que tomaremos el té y veremos la puesta de sol.

De manera que Noah, tras la guerra, se compra una casa en ruinas en Wadmalaw Island, y la reforma con paciencia. Ebanista, albañil, fontanero. Se convierte en uno de esos manitas de la tele que vuelve irreconocibles casas cutres de parejas sin recursos económicos. Un maestro del bricolaje. Y se produce el reencuentro. Y aunque ella está prometida, vuelven a enamorarse. El caso es que viendo la película he tenido el deseo no de convertirme en Noah sino de ser la casa blanca y con ventanas azules, con un felpudo en la puerta de entrada donde ponga *Welcome* para que toque el timbre todo lo que tenga que venir y encuentre dentro un plato de sopa caliente y unas mantas. Es lo mismo que me dice una amiga con la que me desahogo: cuídate mucho, mima tu soledad, ámala sin esperar la recompensa de su regreso. Ser yo la casa donde vivir con cada pérdida. Una habitación para el abuelo, otra para el matrimonio de los padres o para la infancia. Para el joven que fui y que no tenía pelos en las orejas ni la cabeza canosa. Para todos los romances frustrados. La más espaciosa para Sara. Corrijo: no para Sara sino para la ausencia de Sara. Y acercarme cada día a la cama sin deshacer, llevarle el desayuno a su vacío. Y dejar otra habitación para la próxima pérdida. Para lo que no entiendo.

El otro día encontré una caligrafía inexperta en el albero de un parque, parecida a la letra de un escolar. Dos líneas paralelas que serpenteaban y creaban

ondas como las que dibujan los monjes zen al rastri-
llar la arena de sus jardines. Unos metros después,
despejé la incógnita: eran las huellas que iban dejando
las ruedas del andador que empujaba un anciano con
párkinson. Este anciano anónimo, sin saberlo, era el
pincel que un dios discretísimo deslizaba en ese preci-
so momento sobre el papel del mundo para decirme lo
mucho que me quiere. Para escribirme la carta más
bonita que he recibido nunca.

20.

La otra mañana me acobardé delante de una montaña de hojas muertas al pensar qué cantidad de días habré entregado al tedio, cuando mi vida se termine.

Me respondieron:

Pero juntas resplandecemos.

Nadie sabe qué tipo de moribundo será, el corazón que tendremos en el último instante de nuestra vida o qué expresión facial verán quienes estén a nuestro lado, si disfrutamos de ese privilegio. Las palabras que susurraremos o qué emoción se adueñará de nosotros llegado el desenlace. Aseguran que en el momento previo a la muerte afloran recuerdos enterrados hacía mucho, instantes que uno había perdido, como se pierde una contraseña o las llaves del coche. Rostros, sucesos, hasta miedos y culpas antiguas que la mente había arrinconado. O puede suceder que nazca una serenidad desconocida. La aceptación en una persona quejica, a la que siempre le molestaba todo. Leí hace poco que un grupo de neurocientíficos estonios grabó de manera casual una tormenta de recuerdos en el cerebro de un hombre. Lo sometían a un electroencefalograma para estudiar las convulsiones de la epilepsia que padecía y poder ajustar el tratamiento. Durante la prueba, el paciente de ochenta y siete años sufrió un infarto y falleció, de manera que se grabaron sus últimas señales cerebrales. Fue la primera vez que se registraba la actividad cerebral humana en el momento de la muerte. Fue la primera vez que se confirmaba esa creencia popular de que cuando uno muere toda su vida pasa por sus ojos igual que una película. Lo que me hace plantearme qué recuerdos se desencadenarán en mi mente entonces. Desde luego sé cuáles me han sostenido hasta ahora frente al derrumbe.

Las horas muertas mirando embobado el patio de mi primera casa, cuando era un crío.

Todas las veces que la abuela me tapó en invierno con un edredón o que introdujo una bolsa de agua caliente bajo las sábanas.

Mis manos envolviendo el vaso de leche tibia.

La chimenea de mis tíos en los días en los que todavía la familia se juntaba en Navidad. De repente saltaban los plomos, la casa se sumía en la oscuridad, gritábamos, se oían golpes y mi tío anunciaba: ¡Santa Claus! Entonces subíamos al trote las escaleras y en el cuarto de arriba, sobre la cama, descubríamos con sorpresa la montaña reluciente de los regalos.

Aquel verano en Galicia, en el Camino de Santiago, cuando me enamoré de una chica y nos adentrábamos en el bosque para besarnos a escondidas de los adultos.

El momento de mi primer poema, en Nochebuena, mientras nevaba.

Las gotas de lluvia de todas las ventanas de todas las bibliotecas donde he pasado horas y horas leyendo y soñando con publicar un libro.

Todos los cuerpos que se me han ofrecido como un vaso de agua fresca.

La sensación de tener la mano de un hijo dentro de mi mano.

Sus carcajadas mientras hago el tonto en casa, a gatas y con una manta encima, simulando ser un dinosaurio.

Los libros que me han auxiliado y los ojos de todos los animales a los que he acariciado.

El vocerío de las hojas cuando el aire las mueve.

Momentos como estos y otros que sospecho vendrán, momentos nuevos que quizá sean más decisivos. El poeta AC dijo que la tetraplejía le había regalado otra percepción, un modo nuevo de vivir. Antes me acercaba a las cosas, dijo, pero ahora son las cosas las que se acercan a mí. Lo que me hace pensar que también las oscuridades de mi historia personal me han regalado otra vida: antes corría hacia las experiencias, ahora dejo que las experiencias vengan, las padezco en lugar de buscarlas a la desesperada. Les doy la bienvenida. También se la daré a ese momento en el que no sé qué corazón tendré, si estaré o no acompañado. Me incorporaré despacio, avanzaré hasta la puerta, aferraré la manilla y abriré despacio, como quien recibe a un invitado que hace mucho anunció su llegada. Diré hola, momento de mi última respiración. Y luego, sentados a la mesa frente a frente, ya veremos qué sucede.

21.

He dicho en otra página que una amiga escucha mis desahogos; lleva días haciéndolo con una paciencia ejemplar, igual que una improvisada terapeuta. Lo primero ahora es cuidarte, me dice. Enjabona tu soledad. Sólo así, conviviendo con la posibilidad de que Sara no regrese, pero viviendo como si fuese a regresar, Sara podrá verte sin agobio y ya veremos. Si de verdad la quieres, me ha dicho. Trabaja tu amor, manifiesta tu yo más puro; aunque no obtengas ninguna recompensa. Y por favor, déjala en paz, no la atosigues con mensajes ni la presiones. Dejarla en paz es la garantía de que la quieres.

Y al escuchar estas palabras de mi amiga, no he podido evitar acordarme de aquellos versos de Javier Salvago:

Amar a las personas / como se quiere a un gato: / con su carácter y su independencia, / sin intentar domarlo, / sin intentar cambiarlo, / dejando que se acerque cuando quiera, / siendo feliz / con su felicidad.

Ah, el amor. Mucho tiempo lo confundí con otra cosa. Creí que amar es tener en propiedad un corazón ajeno, darle al otro el poder sobre toda tu alegría. Así se originan los celos, la adicción a los futuros, la desconfianza. No eres libre sino esclavo de la imagen que ofreces con el fin de ser correspondido. De modo que te andas con cuidado, escondido tras todo lo que le agrada. No haces nada que la incomode, no vaya a abandonarte. Pero el amor es lo contrario del miedo. Cuando uno ama de verdad da lo mismo la lejanía, si más o menos conversación. No hay recompensa ni más premio que el mismo amor. Amar a Sara como se quiere a un gato: dejando que se vaya, estando si regresa. Muchas veces, en el pasado, leí estos versos pensando *qué bonitos*. Como se leen desde el sofá las instrucciones para el montaje de un mueble de Ikea. *Amo tanto las cosas que me alegro de no poseerlas*, escribe Christian Bobin. Es una frase que tiene mucho que ver con el poema de Salvago. Dicen lo mismo: cuando amas, no temes la pérdida. Ni la ausencia. No existe el fracaso porque el amor no tiene expectativas. El amor es una mano que no sabe cerrarse.

A veces pienso en un bosque, cualquier bosque del mundo, e imagino dentro, entre los árboles, las alas policromadas de una mariposa cuya existencia nadie ha conocido. ¿No es inquietante y al mismo tiempo maravilloso que su belleza suceda a escondidas? ¿No dan ganas de llorar al pensar que hay cosas terriblemente hermosas que nunca serán vistas por nadie? Pues bien, yo creo que uno debe amar así, con esa modestia de la mariposa que aletea en mitad de un bosque. Sin la recompensa de ser aplaudido, con ese mismo secreto.

Mi corazón sonríe al ver las manos de mi abuela: sabe que ellas fueron sus inventoras.

22.

Los albañiles que reparaban el empedrado de una calleja ayer por la mañana, cuando salí a por café. Sé que otros albañiles empedrarán la misma calle una vez más cuando las piedras actuales se desgasten y que otros albañiles distintos la empedraron antes. Del mismo modo, después de mí, la vida seguirá encontrando maneras de perpetuarse como ya lo ha hizo antes mí, cuando no era nada. Como lo hace desde la muerte del abuelo. La típica flor que ha brotado en la acera, la hierba en el tejado de uralita o la casa abandonada que se llena de matojos. Mi hijo adolescente recuperado del cáncer que tuvo con dos años. Cómo cada vez que me he herido mi propio cuerpo ha cicatrizado cada rasguño. La boca, por ejemplo, se recompuso tras haberme tragado el manillar de la bici en una caída aparatosa y mi piel, que llenó de escaras la psoriasis, está completamente recuperada. O los pulmones: luego de muchos años fumando, hoy se inflan y desinflan cuando salgo a correr. He presenciado el amor heroico de los abuelos y la sonrisa de la vecina a la que se le murió el marido de ELA. Mamá sobrevive a un desastre biográfico sin precedentes, como una ciudad que abre sus negocios tras un bombardeo. Cómo los hormigueros que pisotean mis hijos reaparecen en primavera. El monte que ardió ha reverdecido y hay pájaros sobrevolándolo. Las hojas muertas, cuando ruedan por las aceras y se arremolinan: el aire hace música con sus cadáveres y la muerte acaba siendo una melodía. He visto alrededor de mí y en mí signos suficientes para saber que la vida se abre paso a cada instante, ajena a nuestra opinión. Que lo que llamamos muerte no es más que un mecanismo de la vida para no atropellarse a sí misma, por ser tan abundante. Soy testigo de que el principio está ocurriendo a cada instante y me gustaría vivir con la mirada fija en él, en ese instante en que se rasga el envoltorio del regalo, cuando se desabotona la blusa o se estrena el coche. El principio de una canción que nos gusta, el principio de un libro que hemos comprado, el principio del curso o el de una amistad. En el principio, aunque la palabra principio y la palabra final no signifiquen nada y sean etiquetas empleadas para entendernos. Porque no existe nada que se termine. Lo que llamamos final es otro comienzo, no es más que una etapa de la continuación en la que todo está inmerso. Recuerdo aquella primera noche en el estudio, con la frente pegada al cristal de la ventana. Lo primero que vi al asomarme fue mi pasado: tenía delante el edificio en el que había vivido una década, y rompí a llorar. Esa primera noche espié la ventana del cuarto donde los niños juegan antes de acostarse. En el cuarto donde yo escribía, mirando los árboles que flanquean el río y son tan bonitos cada otoño. Había oscurecido y distinguí en el cuadrado amarillo sus cabezas. Sabía que me buscaban: les conté que vivía al otro lado del río. Toqué el cristal con la mano para mandarles una caricia, y la empujé con la imaginación al mismo tiempo que le decía adiós a mi antigua vida. Creí que era el final, pero era el principio de este hombre que soy ahora y que vive con ellos dos semanas al mes en esta nueva casa. Acabo de decirlo: el aire compone música con las hojas muertas y pasa lo mismo con aquello que nos sucede porque lo que parece inservible revive bajo otro aspecto. Un fracaso puede ser la canción que empieza otra historia. Al fin y al cabo, un corazón hecho trizas es un buen punto de partida.

ÍNDICE

SE TERMINÓ DE IMPRIMIR ESTE LIBRO
EL DÍA 15 DE OCTUBRE DE 2025